LEGO EXO-FORCE

HIKARU CONTRE LES ROBOTS

LEGO EXO·FORCE™

HIKARU CONTRE LES ROBOTS

GREG FARSHTEY

Texte français d'Hélène Pilotto

Éditions
SCHOLASTIC

Catalogage avant publication
de Bibliothèque et Archives Canada

Farshtey, Greg
Hikaru contre les robots / Greg Farshtey;
texte français d'Hélène Pilotto.
(Exo-force; 1)

Traduction de : Escape from Sentai Mountain.
Pour les 6-8 ans.

ISBN 978-0-545-99512-2

I. Pilotto, Hélène II. Titre. III. Collection : Farshtey, Greg Exo-force; 1.

PZ23.F28Hi 2007   j813'.54   C2007-904038-1

Édition publiée par les Éditions Scholastic,
604, rue King Ouest, Toronto (Ontario) M5V 1E1.

5 4 3 2 1   Imprimé au Canada   07 08 09 10 11

CHAPITRE **1**

Aux commandes de la Guêpe furtive, Hikaru file dans le ciel; il patrouille au-dessus du versant nord du mont Sentai. Les pieds de la puissante machine de combat blindée sont munis de réacteurs qui lui permettent de voler à grande vitesse. La machine possède aussi des détecteurs intégrés grâce auxquels Hikaru peut repérer tout ce qui bouge sur le sol, loin au-dessous de lui. De là-haut, il a une bonne vue sur tout le mont Sentai. Ce paysage l'attriste. À une autre époque, la montagne était si belle! À présent, elle est dévastée par les combats.

Le jeune pilote amorce un virage pour rentrer au quartier général et se met à songer au passé. Avant, les humains vivaient en paix sur la montagne. Puis ils ont construit des robots pour faciliter l'exploitation des mines et l'exécution d'autres tâches. Les robots pouvaient

se rendre dans des endroits inaccessibles aux humains; ils pouvaient soulever de lourdes charges et faire des travaux dangereux à la place des humains.

Mais tout a basculé. Les robots des mines sont devenus malfaisants et se sont révoltés. Ils ont tenté de se rendre maîtres de la montagne et cela a donné lieu à des combats terribles. L'énergie libérée lors de ces combats a été si puissante qu'elle a coupé le mont Sentai en deux!

C'est seulement au prix d'efforts énormes que les humains ont réussi à repousser les robots. Ces derniers ont été forcés de se retrancher tout au fond de la gorge qui sépare les deux moitiés de la montagne. Une fois les robots partis, la paix est revenue dans les villages. Les humains ont construit des ponts

pour relier à nouveau les deux côtés de la montagne. Mais personne ne croyait que le danger était écarté pour de bon. Une équipe de scientifiques et d'ingénieurs dirigée par un inventeur de génie nommé Ryo s'est mise à construire des machines de combat que les humains pourraient utiliser pour se défendre.

Hikaru sort de sa rêverie au moment où son itinéraire de vol le mène dans un banc de nuages denses. Avec les machines de combat des premiers temps, il aurait été obligé de piloter à l'aveuglette en se fiant uniquement aux

instruments. Heureusement, on améliore constamment les machines de combat, en y ajoutant, par exemple, des détecteurs très sophistiqués. Hikaru vérifie l'affichage de ses détecteurs et constate qu'aucun obstacle ne se trouve sur sa trajectoire. Il détourne son regard de l'écran sans remarquer que celui-ci indique la présence de quelque chose qui s'approche de lui par-derrière.

Hikaru se remet à songer au passé. Ceux qui étaient convaincus que les humains du mont Sentai étaient encore en danger avaient eu raison. Les robots avaient été vaincus, mais pour un temps seulement. Pendant leur séjour au fond de la gorge, ils s'étaient réparés eux-mêmes, avaient remis en état leurs machines de combat et s'étaient préparés pour une nouvelle attaque.

Cela s'était passé par un beau matin d'été ensoleillé. Les habitants de la moitié sud de la montagne avaient entendu les bruits terrifiants des turboréacteurs et des armures qui cliquetaient. Puis l'armée des robots était apparue à l'horizon. De puissantes Sentinelles ouvraient la voie, suivies de Vautours brûlants – des engins aériens – et d'imposantes Fureurs éclairs. Chacun de ces engins était piloté par un robot rebelle. La plupart des humains avaient fui par les ponts menant au versant nord de la montagne. Mais certains d'entre eux n'avaient pas été assez rapides et avaient été capturés par les robots.

Les humains avaient dû réagir pour arrêter l'invasion des robots. Des pilotes novices aux commandes de machines de combat avaient tout juste été capables de défendre les ponts, mais ils n'avaient pas réussi à repousser les robots du versant sud de la montagne, et plusieurs villageois avaient été faits prisonniers.

C'était un désastre. Et tout le monde savait que les robots n'allaient pas cesser leurs attaques. Tôt ou tard, ils finiraient aussi par envahir le versant nord de la montagne. Le seul espoir des humains consistait à former une équipe de pilotes de machines de combat, spécialement entraînés pour protéger le versant nord.

Et c'est ainsi qu'était née l'équipe EXO-FORCE. De jeunes hommes et de jeunes femmes

de tous les villages s'étaient portés volontaires pour devenir pilotes de machines de combat. La formation était longue et difficile, car les pilotes devaient sans cesse se familiariser avec de nouvelles armes et de nouveaux instruments de bord. Une fois leur formation terminée, les pilotes se voyaient attribuer une machine de combat correspondant à leur degré d'habileté. Hikaru était l'un des meilleurs pilotes de l'équipe. On lui avait donc assigné la très rapide, puissante et aérodynamique Guêpe furtive.

En ce moment même, Hikaru fait surgir la Guêpe furtive des nuages et poursuit sa route vers le quartier général. Mais son trajet est sur le point d'être interrompu. Un jet de flammes frôle son poste de pilotage… si près qu'il peut en sentir la chaleur malgré l'armure de la machine de combat. Il n'a pas besoin de regarder ses détecteurs pour savoir qui a ouvert le feu sur lui. Un Vautour brûlant s'approche pour l'attaquer!

Hikaru active son turboréacteur pour distancer le robot. Il doit se placer hors de portée

du lance-flammes du Vautour brûlant avant de faire demi-tour et de contre-attaquer. Même si la Guêpe furtive est un peu plus rapide que son ennemi, son blindage n'est pas aussi épais. User de vitesse et de ruse est la seule façon de vaincre le Vautour brûlant.

La Guêpe furtive accélère, puis se met à vriller en prenant de l'altitude. Cette manœuvre permet à Hikaru de constater qu'un seul Vautour brûlant est à sa poursuite. Il est piloté par un robot Devastator argent. Il n'est pas rare que des groupes de Vautours brûlants attaquent les ponts, mais en voir un agir seul, aussi près du quartier général de l'équipe EXO-FORCE, est plutôt étrange.

Eh bien, je vais apprendre à ce paquet de boulons qu'il ne devrait pas s'aventurer n'importe où, se dit Hikaru en mettant en marche son fusil laser. Il vise le bras gauche du Vautour brûlant, car il sait que c'est son point le plus faible; le « corps » de la machine de combat, lui, est fortement blindé afin de protéger le pilote.

Mais avant qu'Hikaru réussisse à tirer, il voit le Vautour brûlant tourner brusquement à gauche, plonger, vriller et venir se placer juste sous la Guêpe furtive. Une décharge soudaine de son lance-flammes endommage le réacteur du pied gauche de la Guêpe furtive. Le réacteur de droite fonctionne toujours, mais sans la

poussée du gauche pour rétablir l'équilibre, la Guêpe furtive décroche et tombe en piqué.

Pas de panique, songe Hikaru. *Souviens-toi des enseignements de Sensei Keiken. Il y a toujours une façon de gagner. Je dois simplement la trouver.*

Même si un réacteur est hors d'usage, cela ne veut pas dire que la Guêpe furtive est inutile au combat. Hikaru plonge dans un nuage, puis passe en mode d'invisibilité totale. Sa machine de combat devient aussitôt invisible pour les détecteurs de l'ennemi. Même la chaleur dégagée par ses réacteurs est masquée. Les détecteurs du Vautour brûlant n'ont aucun moyen de localiser la Guêpe furtive. Si le robot veut trouver la machine, il devra la chercher dans le banc de nuages et deviendra alors une cible facile pour Hikaru.

Pendant qu'il est caché dans la masse cotonneuse, Hikaru perçoit des grésillements sur sa ligne de communication. Cela ne peut être que le pilote robot qui transmet un message pour demander du renfort. Sa machine de combat étant endommagée, Hikaru ne peut pas

espérer repousser tout un groupe de Vautours brûlants.

Mais peut-être que je peux les attirer vers un autre endroit, songe-t-il.

La Guêpe furtive plane dans les nuages et attend. Les détecteurs montrent le Vautour brûlant qui rôde tout près de l'amas de nuages, ignorant si sa cible s'y trouve encore. Hikaru s'efforce de rester calme. Il n'a qu'une chance de réussir et doit être prêt lorsque le moment se présentera.

Le pilote robot prend une décision. Il n'attendra pas d'avoir du renfort. Il dirige plutôt le Vautour brûlant droit dans les nuages. Et c'est exactement ce qu'Hikaru espérait.

Hikaru fixe le Vautour brûlant, vise soigneusement avec son fusil laser et tire.

Kzzzaakk!

— Prends ça, tête de conserve! s'exclame Hikaru.

Son tir sectionne le câble d'alimentation en énergie de la machine de combat qui se retrouve désormais impuissante.

Hikaru aimerait bien capturer le Vautour brûlant et le rapporter à la base, mais il sait que d'autres robots sont déjà en route. Juste avant que le Vautour brûlant sorte des nuages pour plonger vers la gorge tout en bas, Hikaru lance une balise de télédétection sur l'armure de la machine du robot.

— Cela devrait suffire à tromper les autres robots, déclare Hikaru.

Il sait que le pilote robot réussira à s'éjecter sans problème, mais la balise de télédétection entraînera au fond de la gorge tous les robots venus en renfort.

Hikaru met le cap sur le quartier général de l'équipe EXO-FORCE et s'envole. Il est soulagé d'avoir gagné, mais une chose le préoccupe encore.

Cette manœuvre qu'a exécutée le Vautour brûlant – virer, plonger et vriller –, pense-t-il, *je n'ai jamais vu aucun pilote robot la faire. À vrai dire, je n'ai vu qu'un seul pilote la faire, et c'était bien avant qu'il y ait une équipe EXO-FORCE. Ce pilote n'aurait sûrement pas enseigné sa manœuvre aux robots... non?*

Inquiet, Hikaru se dirige vers la base en espérant y trouver les réponses à ses questions.

CHAPITRE 2

Après avoir laissé la Guêpe furtive aux soins des réparateurs et fait son rapport à Keiken, Hikaru va se promener sur la base. Il n'a rien dit à Keiken au sujet des manœuvres aériennes du Vautour brûlant, même s'il sait qu'il aurait dû le faire. Il veut en savoir plus, avant de révéler quoi que ce soit.

En route pour le centre de stratégie, il aperçoit Takeshi, son meilleur ami. Takeshi est le pilote du Traqueur titan, la plus puissante machine de combat de l'équipe EXO-FORCE. Il est toujours en train de s'entraîner et de chercher des moyens de progresser. Il déteste les robots plus que tous les autres membres de l'équipe. Il a une bonne raison pour cela : lors de l'attaque des robots, sa famille – Yukio, son père, Akina, sa mère, et Tamika, sa petite sœur – est restée coincée sur le versant sud de la montagne.

Takeshi a bien essayé de les secourir, mais il était déjà trop tard. Depuis, il est sans nouvelles d'eux.

— Que s'est-il passé là-haut? demande Takeshi. J'ai entendu dire que la Guêpe furtive est très endommagée.

— Un Vautour brûlant, répond Hikaru. Le Sensei croit qu'il était en reconnaissance, en vue d'attaquer la base. Il a mis l'équipe EXO-FORCE sur alerte jaune.

— J'espère qu'ils vont attaquer, déclare Takeshi d'un air sombre. J'espère que tous les robots qui se trouvent de l'autre côté vont traverser les ponts, afin que je les envoie à la ferraille.

Hikaru fronce les sourcils. Il a déjà vu Takeshi au combat. Le Traqueur titan est une machine redoutable, mais pas indestructible. Malgré cela, Takeshi prend toutes sortes de risques incroyables, un peu comme s'il essayait de vaincre l'armée des robots à lui seul. Hikaru est certain que Takeshi agit ainsi à cause de sa famille. Il a peur qu'un de ces jours, Takeshi prenne un risque de trop.

— Tu devrais te reposer, Takeshi, dit Hikaru. Si les robots décident d'attaquer, nous devrons tous être au meilleur de notre forme.

— Je dois continuer à m'entraîner! lance Takeshi en s'éloignant. Je ne permettrai jamais que l'équipe EXO-FORCE perde un combat parce que je n'étais pas prêt.

Hikaru salue son ami et se dirige vers le centre informatique. C'est là que les membres d'EXO-FORCE peuvent tout apprendre à propos de leurs machines de combat, de celles des robots et même de l'histoire du mont Sentai. Aujourd'hui, c'est à l'histoire qu'Hikaru s'intéresse.

Il trouve rapidement ce qu'il cherche. Avant la première révolte des robots, certains ingénieurs avaient commencé à fabriquer des appareils blindés pouvant être portés comme des armures par les humains et pilotés comme des véhicules. Après plusieurs essais et erreurs, ces appareils étaient devenus les machines de combat que l'équipe EXO-FORCE utilisait à présent. À cette époque, l'un des pilotes les plus talentueux était nul autre que Yukio, le père de Takeshi.

Hikaru visionne des vidéos d'archives du pilote Yukio. Et la voici : exactement la même manœuvre que celle utilisée par le Vautour brûlant aujourd'hui. C'est Yukio qui a inventé cette manœuvre; il l'utilisait très souvent. Si un pilote robot l'utilise à présent, cela signifie qu'il l'a apprise de Yukio.

Ce qui veut dire que le père de Takeshi est vivant, raisonne Hikaru.

Est-il prisonnier des robots... ou bien est-ce un traître?

Il n'y a qu'une façon de le savoir : Hikaru va devoir se rendre sur le versant sud de la montagne et sauver Yukio, sa femme et leur fille. Aucun membre d'EXO-FORCE n'a jamais tenté quelque chose de ce genre auparavant. On ignore de quelles défenses les robots disposent sur place.

Il faut que je le fasse, se dit-il. *Pour Takeshi... pour sa mère et sa sœur... et pour Yukio, peu importe ce qu'il fait à présent.*

— Qu'est-ce que tu étudies, Hikaru?

Hikaru éteint rapidement l'écran et se retourne. Ryo vient d'entrer dans la pièce. Comme toujours, il affiche un large sourire. L'inventeur est aussi un ami d'Hikaru.

— Je... euh... J'étudie les grands pilotes du passé, répond Hikaru. Je me suis dit que je pourrais peut-être apprendre quelques-uns de leurs trucs.

— Eh bien, si c'est le cas, tu auras bientôt l'occasion de les mettre en pratique, affirme Ryo. Uplink et moi avons fini de réparer la Guêpe furtive. La prochaine fois, vole un peu plus vite, d'accord?

Hikaru sourit. Uplink est le nom de la machine de combat de Ryo. C'est un appareil de conception tout à fait unique qui peut non seulement servir au combat, mais aussi réparer les autres machines de combat. Pour une raison ou pour une autre, Ryo en parle toujours comme d'un être vivant et non pas comme d'un amas de métal et de circuits.

— Ryo, à ton avis, qu'y a-t-il sur l'autre versant de la montagne? demande Hikaru. Crois-tu que les robots ont des moyens de défense infaillibles?

— Donne-moi suffisamment d'outils et de matériaux, et je te construirai une super machine de combat qui pourra venir à bout de n'importe quoi, lance Ryo, très sûr de lui. Mais les robots sont intelligents, eux aussi. Chaque fois que nous

construisons une machine de combat efficace, ils en construisent aussitôt une plus puissante encore. Je me demande parfois si cette course à l'invention d'armes toujours plus destructives cessera un jour.

Hikaru approuve de la tête. Il doit parler à une autre personne avant de partir en mission, même s'il sait déjà très bien ce que cette personne va lui dire.

— Non! C'est hors de question!

Hikaru n'a jamais vu Sensei Keiken aussi en colère. Le vieux sage, chef de l'équipe EXO-FORCE, doit assurer la sécurité des humains sur leur versant de la montagne, ainsi que recruter et entraîner les nouveaux pilotes. S'il paraît parfois sévère, c'est parce qu'il se soucie beaucoup du bien-être des hommes et des femmes sous son commandement.

— Mais, Sensei...

— Non, Hikaru. Nous ne pouvons pas vous envoyer, toi et la Guêpe furtive, accomplir une mission impossible où nous risquerions de vous

perdre. Tu aurais besoin d'une force de frappe complète pour t'introduire dans le camp des robots et, même avec cela, je ne suis pas certain que tu y parviendrais.

Une expression compatissante passe sur le visage de Keiken.

— Un jour, nous serons capables de secourir tous les humains prisonniers des robots. Pour le moment, nous devons faire en sorte que les robots ne puissent pas conquérir plus de territoire sur la montagne. Tu comprends?

— C'est en secourant un humain que l'on commence à les secourir tous, répond Hikaru. Takeshi m'a sauvé la vie tant de fois que je ne peux pas les compter. Je dois faire cela pour lui.

Keiken secoue la tête.

— Tu vas rester ici, Hikaru. C'est un ordre. Désobéis et tu seras expulsé de l'équipe EXO-FORCE.

Hikaru hoche la tête et sort de la pièce. Il adore faire partie de l'équipe EXO-FORCE, faire de son mieux pour défendre la montagne et voler dans le ciel aux commandes de la Guêpe furtive. Il sait qu'il peut perdre tout cela en tentant de sauver la famille de Takeshi... mais il est prêt à courir ce risque.

Ce sera peut-être la dernière fois que je piloterai la Guêpe furtive, se dit Hikaru en traversant le quartier général d'EXO-FORCE pour se rendre au hangar. Il inspire profondément. *J'espère que l'expérience sera mémorable.*

CHAPITRE 3

Quelques heures avant l'aube, Hikaru grimpe à bord de la Guêpe furtive, sa machine de combat. Personne n'est surpris de le voir là si tôt, car il est censé partir en patrouille à ce moment-là, de toute façon. Il se contente simplement de ne révéler à personne sa destination réelle.

— Énergie maximale! dit-il en appuyant sur les boutons de commande.

L'énergie afflue dans la machine de combat et, en une demi-seconde, celle-ci est complètement en circuit. Hikaru vérifie l'état des armes, des réacteurs, de l'armure, des détecteurs et des appareils de communication. Tout fonctionne bien. Puis il vérifie le champ d'invisibilité intégré à la machine de combat et s'assure qu'il est bien connecté et prêt à être utilisé. Satisfait, il appuie sur un bouton, placé sur le mur, qui commande l'ouverture des portes

du hangar et fait avancer la Guêpe furtive dans l'obscurité qui règne à l'extérieur.

— Bonne chance! lui crie Ryo.

— Merci, répond Hikaru. Je crois que je vais en avoir besoin.

En temps normal, le pilote de la Guêpe furtive doit utiliser le mode d'invisibilité totale seulement lors des combats ou des missions de reconnaissance au-dessus du versant de la montagne occupé par les robots. Rendre la machine de combat invisible aux détecteurs consomme beaucoup d'énergie. C'est justement l'un des risques de cette mission. Même s'il réussit à retrouver Yukio et les autres, Hikaru n'aura peut-être pas assez d'énergie pour les ramener en toute sécurité.

Tant pis, il n'a pas d'autre choix. À peine une minute après avoir quitté la base, Hikaru actionne le mode d'invisibilité. Il sait qu'à la base, Ryo va s'énerver en voyant la Guêpe furtive disparaître des écrans radars. Il se sent bizarre à l'idée d'échapper à la surveillance de ses amis, mais il sait qu'il est trop tard pour reculer.

Il survole le pont Tenchi à basse altitude. C'est l'une des nombreuses travées très larges qui relient les deux côtés de la montagne. Parmi les humains, certains pensent que les ponts devraient être détruits afin d'empêcher les robots de les utiliser pour les attaquer. Mais Sensei Keiken n'est pas de cet avis. En détruisant tous les ponts, il deviendrait quasi impossible pour les humains de retourner un jour sur l'autre versant de la montagne et de secourir ceux qui y sont toujours détenus. Non, les ponts doivent rester en place et c'est le travail de l'équipe EXO-FORCE de les protéger.

Il semble bien que ce soit l'heure d'aller travailler, se dit Hikaru tristement en survolant le sommet du versant sud. Tout en bas, il aperçoit deux véhicules Robots béliers R-1 et une demi-douzaine de Sentinelles, des machines de combat, qui progressent sur une route de

montagne sinueuse. Ils se dirigent vers le pont Tenchi.

Ils doivent planifier de l'attaquer de la base EXO-FORCE, se dit Hikaru.

Il réfléchit rapidement. S'il transmet un message d'alerte à la base, sa mission de sauvetage sera terminée avant même d'avoir commencé. Par contre, il ne peut pas laisser les robots attaquer par surprise.

Il n'y a qu'une solution. Il désactive son mode d'invisibilité pour un moment, vise et tire deux coups avec son fusil laser. *Kzzzaakk! Kzzzaakk!* Les deux tirs touchent leur cible : les moteurs des Robots béliers R-1. Les équipages robots quittent leurs véhicules pour se mettre à l'abri juste avant qu'ils explosent. Les débris forment un barrage routier qui ralentit la progression des robots.

Le temps qu'ils finissent de dégager la voie, il fera jour, se dit Hikaru en repassant en mode d'invisibilité. *Ces paquets de rouille ne réussiront jamais à traverser le pont en plein jour sans être repérés.*

Hikaru retourne à son trajet initial en souhaitant que son initiative n'ait pas mis en péril sa propre mission.

光　　光　　光

— Je l'ai vu pendant une seconde, explique Ryo au Sensei. Il est apparu à l'écran alors qu'il se trouvait de l'autre côté du pont Tenchi. Il a tiré sur quelques Robots béliers R-1, puis il a disparu de nouveau.

Sensei Keiken fronce les sourcils. L'itinéraire de patrouille d'Hikaru ne s'étend pas aussi loin du côté robot de la montagne. Que fait-il là-bas? Essaie-t-il d'accomplir cette mission insensée dont il lui a parlé?

— Alerte rouge pour toute la base! ordonne-t-il. Je veux des hommes derrière tous les canons laser et qu'on double le nombre de Défenseurs de porte au cas où les robots planifieraient une attaque.

— Oui, Sensei, répond Ryo. Monsieur, pouvez-vous me dire ce qui se passe? Que fait Hikaru?

— Je ne sais pas exactement, répond le Sensei. Mais avant la fin du jour, il deviendra soit le plus grand héros de l'histoire de l'équipe EXO-FORCE… soit sa plus grande honte.

光　　光　　光

Un robot Drone de fer à l'armure brune se détourne de son écran. Il s'adresse directement au robot doré qui est assis au centre de la pièce.

— L'attaque prévue au pont Tenchi est terminée, rapporte-t-il. Les détecteurs indiquent la présence de la Guêpe furtive.

— Où? demande le robot doré.

Il s'appelle Meca One et il est le chef des robots.

— Elle a disparu de nos écrans, répond le Drone de fer. Mais la projection de sa trajectoire révèle qu'elle vient par ici.

Meca One se lève et examine l'écran. D'après la route que le Drone de fer a calculée, la Guêpe furtive se dirige vers le bâtiment de recherche. Si un robot pouvait sourire, il le ferait.

— Nous avons soutiré quantité de renseignements techniques à nos prisonniers, dit-il, mais nous pourrions en apprendre encore plus en examinant une machine de combat comme la Guêpe furtive. Capturez-la, elle et son pilote! Nous allons les obliger, tous les deux, à nous livrer leurs secrets!

CHAPITRE 4

Hikaru vole aussi vite qu'il le peut, tout en surveillant les alentours d'un œil et les écrans de ses détecteurs de l'autre. Il a pris soin de programmer les détecteurs en entrant tous les renseignements disponibles sur Yukio, dont sa taille, son poids, son type de voix et une scanographie de son cerveau. Si le père de Takeshi est par ici, les détecteurs vont le signaler.

Hikaru est révolté par ce qu'il a pu apercevoir au sol jusqu'à présent. Toutes les maisons et toutes les fermes situées jadis sur ce côté de la montagne ont été détruites et remplacées par des usines qui crachent une fumée noire dans le ciel. Il voit des travailleurs humains entrer dans les mines sans aucun équipement de protection.

Ces mines n'ont pas été conçues pour des

travailleurs humains, songe Hikaru, *mais pour des robots qui risquaient moins de se blesser. Si les robots obligent leurs prisonniers à effectuer ce travail dangereux, qui sait quelles autres tâches ils les obligeront à faire?*

Hikaru poursuit son vol. Les caméras de sa machine de combat sont en fonction. Ainsi, tout ce qu'il voit est enregistré. Il pourra montrer ces images au Sensei Keiken à son retour. Il survole un chantier de réparations où des Vautours brûlants et des Fureurs éclairs sont ressoudés. Il voit les portes immenses d'un hangar s'ouvrir et un appareil nouvellement construit en sortir : le Fantôme sonique. Au centre de la cour, des Drones de fer, à bord de leurs machines de combat Sentinelles et de leurs Robots béliers R-1, s'exercent au combat en simulant la prise d'assaut d'une porte.

Mais ce qui attire le plus l'attention d'Hikaru, c'est un imposant bâtiment carré tout en métal, perché très haut à flanc de montagne. Des Drones de fer l'encerclent et deux Fureurs éclairs en surveillent les entrées. Si les robots veulent mettre à l'abri ce qui se trouve à l'intérieur, ils ont choisi l'endroit idéal. Pour atteindre ce bâtiment, les troupes des humains devraient d'abord se frayer un chemin sur l'un des nombreux ponts qui relient les deux côtés de la montagne, puis traverser l'enceinte des robots.

Hikaru émerge de ses pensées quand il voit l'écran des détecteurs de la Guêpe furtive s'allumer. Yukio est quelque part à l'intérieur de ce bâtiment!

Hikaru décide de ne prendre aucun risque. Pour être sûr que les robots ne l'entendront pas arriver, il coupe ses réacteurs et plane en direction du bâtiment. Pendant la descente, il se souvient d'une chose qu'il a faite lorsqu'il était petit. Un après-midi, il avait pensé qu'il serait amusant de jouer avec un nid de guêpes. Il avait donc percé le nid avec un bâton, mais il avait aussitôt été attaqué par un essaim de guêpes en colère. Il avait été tellement piqué qu'il avait dû aller à l'hôpital.

Et me voici sur le point de semer la pagaille dans un autre nid... mais un nid rempli de créatures beaucoup plus dangereuses, se dit-il. *Espérons que l'histoire ne se répétera pas.*

Le bâtiment est bien protégé, mais Hikaru repère un point faible. Les robots n'ont rien prévu contre une attaque aérienne. Ils ont dû penser que leur Fantôme sonique et leurs Vautours brûlants suffiraient à empêcher tout envahisseur de s'approcher du bâtiment.

Hikaru allume ses réacteurs au dernier moment afin d'atterrir en douceur sur le toit. Il attend un instant avant de faire quoi que ce soit.

Il veut être sûr qu'aucun robot n'a détecté son arrivée. Même si son mode d'invisibilité est en fonction, il ne veut prendre aucun risque.

Qu'est-ce que je raconte? se dit-il. *Cette mission n'est faite que de risques!*

Il déplace la Guêpe furtive avec soin sur le toit jusqu'à ce que ses détecteurs lui montrent Yukio, seul dans la pièce juste en dessous de lui. Il règle son électro-sabre sur faible intensité et l'utilise pour percer une ouverture dans le toit. À l'aide d'une pince miniature, il attrape le morceau détaché avant qu'il tombe et le met de côté. Puis il saute à l'intérieur du bâtiment.

Yukio se retourne aussitôt.

— Qui est là?

À travers la vitre de sa cabine de pilotage, Hikaru aperçoit Yukio, en blouse blanche, au milieu de ce qui semble être un laboratoire.

Yukio examine une machine de combat endommagée.

— Chuuut! murmure Hikaru dans le micro de sa combinaison. Ne faites pas de bruit! Mon champ d'invisibilité est actif. Je suis venu vous sauver.

— Non! riposte Yukio. C'est encore un piège des robots!

— Yukio, c'est moi, Hikaru. Faites-moi

confiance. Existe-t-il un moyen de soustraire cette pièce aux détecteurs des robots?

Le scientifique approuve de la tête, encore méfiant.

— Oui. L'un de mes appareils de réparation cause de l'interférence. Les robots ne pourront rien détecter tant qu'il fonctionnera.

— Allumez-le, ordonne Hikaru.

Yukio allume l'appareil et un fort bourdonnement envahit la pièce. Aussitôt, Hikaru désactive son mode d'invisibilité. La Guêpe furtive, avec Hikaru à ses commandes, devient soudainement visible. Yukio sursaute en voyant apparaître l'ami de son fils.

— Hikaru? C'est bien toi? demande-t-il en scrutant la cabine de pilotage. Takeshi est-il avec toi?

— Non, répond Hikaru. Mais je vais vous ramener à ses côtés, vous, votre femme et votre fille.

Yukio secoue la tête.

— C'est impossible. Il y a trop de gardes et de machines de combat. Tu ne réussiras jamais. J'ignore comment tu as fait pour venir jusqu'ici, mais tu dois te dépêcher de rentrer avant qu'il soit trop tard!

— Vous avez raison. C'est impossible, reconnaît Hikaru avec un petit sourire. C'est justement pour cette raison que cela vaut la peine d'essayer.

Il jette un coup d'œil autour de lui. Le laboratoire est jonché de toutes sortes d'appareils et de pièces de machines de combat.

— Yukio, avant que nous partions, il y a une chose que j'aimerais vous demander, dit-il. J'ai vu un Vautour brûlant exécuter toute une manœuvre aérienne que vous seul savez faire. Avez-vous… Avez-vous aidé les robots? Je vous en prie, dites-moi que vous ne travaillez pas pour ces tas de ferraille!

Alors Yukio devient blême de colère.

— Je n'ai pas eu le choix! Les robots m'ont

enchaîné à un scanographe cérébral et m'ont soutiré des renseignements ultrasecrets. Je ne trahirais jamais ma patrie ni mes semblables!

— Pourquoi les robots ont-ils fait cela? demande Hikaru. Leurs cerveaux sont des ordinateurs… pas mal plus rapides que les nôtres et peut-être même plus intelligents.

— Mais ils n'ont aucune imagination, réplique Yukio. Aucune créativité. Ils ne peuvent rien inventer. Tout ce qu'ils savent faire, c'est reconstruire leurs vieilles machines de combat en essayant de les perfectioner. Tous les nouveaux appareils qu'ils ont créés – le Fantôme sonique, la Tempête déchaînée – étaient inspirés de mes idées.

— Eh bien désormais, ils ne pourront plus rien tirer de vous! s'exclame Hikaru. Où est votre famille?

Yukio lui explique que sa femme, Akina, et sa fille, Tamika, sont au bout du couloir, dans les quartiers d'habitation.

— Mais on ne peut pas sortir du laboratoire. Dès qu'on ouvre la porte, une alarme se déclenche!

— Qui a parlé de sortir par la porte? répond Hikaru avec un sourire moqueur, tout en actionnant son électro-sabre.

Ses détecteurs lui confirment qu'il n'y a aucun robot de l'autre côté du mur. En deux petits coups rapides, il perce un trou dans le mur qui donne sur le couloir. Comme il l'a fait auparavant, il retire délicatement le morceau détaché et le dépose sur le plancher du laboratoire. Il réactive le mode d'invisibilité de la Guêpe furtive et la manœuvre pour qu'elle se faufile par le trou.

Étrange, se dit-il. *Pas d'alarmes, pas de sirènes, pas d'explosions. J'aurais pensé que les robots protégeraient cet endroit contre les intrus. Que se passe-t-il ici?*

Il n'a pas le temps d'y réfléchir. Les détecteurs de la Guêpe furtive indiquent la présence de deux humains dans la pièce située au bout du couloir : Akina et Tamika. Une seule Sentinelle surveille la pièce. Hikaru fait signe à Yukio de rester dans l'ombre pendant qu'il pilote la Guêpe furtive invisible jusque-là. Il vise avec son fusil laser et tire.

Kzzzaakk! Le tir atteint sa cible. Il frappe une articulation dans l'armure de la Sentinelle et touche les circuits de contrôle qui se trouvent à l'intérieur, les faisant fondre et fusionner, ce qui empêche la machine de combat de bouger.

Zoum! La Sentinelle parvient quand même à lancer un missile en direction de la Guêpe furtive.

Hikaru tente désespérément de se rappeler ce que Ryo lui a appris à faire pour contrer les missiles des robots. Les sons, oui, c'est ça! Le bon son diffusé par la radio de la Guêpe furtive peut bloquer un missile de Sentinelle.

Il allume sa radio, tourne le volume au maximum et déclenche un bruit strident dans les haut-parleurs. Le missile semble hésiter sur sa trajectoire, puis pointe brusquement le nez vers le haut et traverse le plafond à toute vitesse. Hikaru lève les yeux, juste à temps pour le voir exploser très haut dans le ciel.

Hum, si les monstres de métal ignoraient que j'étais ici, maintenant, ils le savent, se dit-il. *Il faut faire vite!*

De deux décharges rapides de son fusil laser,

il désamorce le système d'attaque de la Sentinelle.

Voilà. Il ne nous causera plus d'ennuis, conclut-il.

Il utilise le bras droit de la Guêpe furtive pour arracher la porte de ses gonds. Yukio se précipite à l'intérieur de la pièce pour rassurer sa femme et sa fille.

— Yukio! s'écrie Akina. J'ai eu si peur! Je pensais que les robots venaient nous chercher!

— Tu n'as plus rien à craindre maintenant, répond Yukio. Hikaru va nous aider. Bientôt, nous serons libres.

— Je le souhaite! lance Hikaru. Il nous reste encore à sortir d'ici… et ce ne sera pas facile. Vous devrez tous les trois vous accrocher à l'armure de la Guêpe furtive. Je ne peux pas activer mon mode d'invisibilité : il consomme trop d'énergie; de plus, avec votre poids, cela ralentira notre vol. Je n'ai d'autre choix que de voler avec vous ainsi jusqu'à la base!

Yukio et sa famille suivent la Guêpe furtive dans le couloir. Ils s'arrêtent sous le trou que le missile de la Sentinelle a percé dans le toit. Des alarmes résonnent dans toute la base. Des Vautours brûlants tournoient dans le ciel en attendant que leur proie se montre.

— Grimpez sur la machine de combat et cramponnez-vous!

Dès qu'Hikaru actionne les réacteurs de sa machine, il comprend que le poids des trois passagers va ralentir le voyage de retour de la Guêpe furtive.

Il pilote celle-ci au travers du trou percé

dans le toit et, aussitôt, l'image de l'essaim de guêpes enragées lui revient en tête. Les robots sont partout!

Hikaru procède par balayage à un examen rapide du bâtiment qu'il vient tout juste de quitter. Il n'y a ni humains ni robots à l'intérieur. À l'aide de ses détecteurs, Hikaru localise l'électro-fournaise située au cœur du bâtiment, tire une décharge laser, puis passe en vitesse maximale.

Boum! Le bâtiment explose, remplissant

l'air de flammes et de fumée qui font dévier les Vautours brûlants.

— Et alors, têtes de conserve? ricane Hikaru. « Traversée d'une grosse explosion en vol » : vous n'avez pas appris ça, à l'école des robots?

Le complexe tout entier grouille d'activités à présent. Une multitude de décharges laser montent du sol, forçant la Guêpe furtive à zigzaguer dans le ciel. D'autres Vautours brûlants, lancés à sa poursuite, projettent de puissants jets de feu avec leurs lance-flammes. Mais pire encore, un Fantôme sonique vient de décoller et se rapproche rapidement de la Guêpe furtive. L'appareil est l'une des armes les plus redoutables que compte l'armée des robots.

— Je dois faire demi-tour et l'affronter, il n'y a pas d'autre moyen, explique Hikaru à Yukio par les haut-parleurs de la machine de combat. Je vais vous déposer sur une crête, vous et votre famille. Vous y serez en sécurité pour le moment.

— Non, proteste Akina. Tu ne dois pas te sacrifier pour nous. Dépose-nous et file avant qu'ils te capturent!

—Attends! lance Yukio. Le Fantôme sonique a été conçu à partir des idées qu'ils m'ont volées. Je sais comment tu peux le vaincre!

— Alors, dites-le-moi vite! répond Hikaru. Le temps presse!

CHAPITRE 5

En accélérant davantage, Hikaru réussit à gagner assez de temps pour déposer Yukio et sa famille sur une crête où ils vont trouver refuge temporairement. À présent, il est temps d'affronter le Fantôme sonique.

Il a déjà combattu cette machine auparavant et a bien failli y laisser sa peau. Une fois, cependant, il a réussi à mettre le Fantôme sonique hors de combat, mais la Guêpe furtive fonctionnait alors à sa pleine puissance. Il est absolument impossible pour la Guêpe furtive de répéter cet exploit en ce moment, surtout après avoir passé autant de temps en mode d'invisibilité totale. Les réserves d'énergie de la machine de combat sont dangereusement basses.

Le Fantôme sonique a maintenant dépassé les Vautours brûlants et se prépare à lancer des missiles. Le pilote robot s'attend à ce que la

Guêpe furtive se sauve, mais Hikaru a autre chose en tête, grâce à Yukio et à ses conseils. Il a concentré toute l'énergie dans les réacteurs et fonce droit sur le robot ennemi.

Le Fantôme sonique tire avec ses canons laser. Une décharge atteint le bras droit de la Guêpe furtive et l'endommage gravement. Une alarme se met à clignoter sur le tableau de bord

d'Hikaru pour signaler l'impact, mais le jeune pilote continue à filer droit sur le Fantôme sonique. L'un des deux appareils devra dévier de sa trajectoire, sinon ce sera la collision.

Il faut que le plan de Yukio réussisse! se dit Hikaru.

Il connaît les robots et sait qu'ils réagissent toujours de façon logique. C'est parfois une force et parfois une faiblesse. Sachant qu'il y a peu de Fantômes soniques et combien il est difficile de les construire, le pilote robot ne prendra jamais le risque d'en détruire un dans une collision avec la Guêpe furtive. Une fraction de seconde avant l'impact, le pilote robot tire sur le levicr de commande pour relever le nez du Fantôme sonique. Le plan de Yukio a réussi!

C'est le moment qu'Hikaru attendait. En tentant de prendre de l'altitude, le Fantôme sonique expose son côté le plus vulnérable. Hikaru charge l'électro-sabre de la Guêpe furtive. À son commandement, le bras de la Guêpe furtive assène un coup de sabre au Fantôme sonique et lui ouvre tout le dessous. Des étincelles volent et de la fumée se met à sortir de l'entaille béante créée dans le métal.

— À présent, le moment crucial est arrivé, dit Hikaru.

Il actionne la main mécanique de la Guêpe furtive de façon à ce qu'elle s'accroche au trou qu'il a percé dans l'armure du Fantôme sonique. Le pilote robot zigzague pour essayer de la faire décrocher, mais la Guêpe furtive tient bon. Même si cette cascade est très dangereuse, elle permet quand même à la Guêpe furtive d'être à l'abri des assauts de son ennemi. Dans cette situation, le Fantôme sonique ne peut pas lui lancer de missiles sans se faire exploser lui-même. Quant aux Vautours brûlants, ils ne courront pas le risque d'incendier leur propre appareil.

Avec la main libre de la Guêpe furtive, Hikaru fouille l'intérieur de la cavité et trouve les fils qui l'intéressent. L'un est rouge, l'autre est vert et le dernier est bleu : exactement comme l'a dit Yukio. Chacun contrôle une section du système de navigation du vaisseau, mais s'ils ont fusionné...

C'est maintenant que le plaisir commence! se dit Hikaru.

D'une décharge électrique transmise par la main de sa machine de combat, il soude les trois fils ensemble. Puis il envoie des pulsions électriques dans les fils fusionnés. Le Fantôme sonique modifie aussitôt sa trajectoire pour rentrer à la base.

J'ai réussi! se réjouit Hikaru. *J'ai pris le contrôle du Fantôme sonique!*

Il sait que cela ne durera pas. Le pilote robot trouvera vite une façon de poursuivre le combat

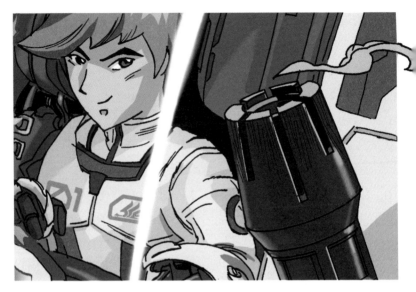

malgré le dommage qu'il a subi. Mais cela donne suffisamment de temps à Hikaru pour mener son plan à terme. Il fait augmenter la vitesse du Fantôme sonique et le dirige droit sur les Vautours brûlants qui arrivent en renfort.

Les pilotes des Vautours brûlants n'ont pas le temps de voir venir le danger. Hikaru abandonne le contrôle du Fantôme sonique juste avant qu'il percute les Vautours brûlants. Le Fantôme sonique et les Vautours brûlants descendent en vrille et s'écrasent au sol.

— Voilà un Fantôme sonique qu'ils ne pourront pas réparer, déclare Hikaru en faisant demi-tour pour aller récupérer Yukio et sa famille.

光　　光　　光

Ryo et le Sensei n'ont pas quitté l'écran des yeux depuis que la Guêpe furtive a tiré sur les Robots béliers R-1. Le Sensei n'a dit à personne qu'Hikaru avait quitté la base pour se diriger sur le versant robot de la montagne. Si les autres pilotes de l'équipe EXO-FORCE l'avaient appris, ils auraient insisté pour aller l'aider et auraient tous pu tomber dans un piège.

Soudain, Ryo désigne un objet volant sur l'écran.

— Il revient!

— Maintiens l'alerte rouge au cas où il serait poursuivi par des robots, ordonne Sensei Keiken.

Puis il esquisse un sourire en constatant qu'Hikaru est vivant.

— Et dis à Takeshi de s'occuper de la porte.

Le tireur en poste sur le pont Tenchi n'en croit pas ses yeux quand il voit la Guêpe furtive approcher. Il cligne des yeux pour s'assurer qu'il

n'est pas victime d'une hallucination. Mais non : la Guêpe furtive transporte bien des humains!

Du haut du ciel, Hikaru aperçoit Takeshi à bord du Traqueur titan, sa machine de combat. Il coupe ses réacteurs afin d'offrir à ses passagers un atterrissage tout en douceur. La Guêpe furtive se pose juste en face du Traqueur titan.

D'abord, Takeshi semble en colère. Où est allé Hikaru? Comment a-t-il pu décoller et s'en aller ainsi tout seul? Puis il aperçoit les passagers de la Guêpe furtive. Il sourit et ses yeux s'emplissent de larmes. Il regarde derrière lui et voit que le Sensei vient dans sa direction. Celui-ci lui fait un signe pour lui indiquer que « la voie est libre » : c'est le signal qui permet aux pilotes de quitter leurs machines de combat. Takeshi bondit hors du Traqueur titan et se précipite vers son père, sa mère et sa sœur qu'il serre dans ses bras tour à tour.

— Tu as désobéi aux ordres! lance le Sensei à Hikaru.

— Je sais, monsieur, répond Hikaru. Et je suis prêt à accepter toute punition, quelle qu'elle soit.

Le Sensei hoche la tête.

— Mais quelle punition faudrait-il pour ce crime? Tu t'es introduit du côté robot de la montagne et, même si tu as réussi à en revenir avec la famille de Takeshi, tu as pris un très grand risque. Non, la seule chose que nous pouvons faire, c'est te confisquer la Guêpe furtive.

Hikaru fait de son mieux pour ne pas montrer sa déception et dit :

— Oui, Sensei.

— Après tout, ajoute le Sensei avec un sourire, tu ne peux pas piloter deux machines en même temps.

Hikaru le regarde, surpris. Puis il aperçoit Ryo qui sort du hangar à bord d'une puissante machine de combat toute bleue. C'est la chose la plus incroyable qu'Hikaru ait jamais vue. Son armure lisse et solide est d'un bleu clair qui doit

pratiquement se fondre dans le bleu du ciel.
Hikaru ose à peine imaginer de quelles nouvelles
armes elle est dotée ou à quelle vitesse
vertigineuse elle doit voler.

— Je te présente la Frappe silencieuse,
annonce le Sensei. Elle est à toi, Hikaru. Pilote-
la avec honneur.

Hikaru ne sait que dire. Mais, quand il se
retourne et aperçoit son meilleur ami entouré
de sa famille, il comprend qu'il y a parfois des
moments où les mots sont inutiles.